Bordeaux 25 Mars 1914

VENTE

AUX ENCHÈRES PUBLIQUES

Les Mercredi 25, Jeudi 26
et Vendredi 27 Mars 1914

SALLE DE L'ATHÉNÉE

28, Rue Mably

— BORDEAUX —

COLLECTION

de Feu M. le Docteur BAUDRIMONT

❀ ❀ ❀

FAÏENCES & PORCELAINES

DES PRINCIPALES MANUFACTURES DU XVIIIᵉ SIÈCLE

❀ ❀ ❀

BISCUITS

❀

GRAVURES NOIRES & EN COULEURS

DES MAITRES DU XVIIIᵉ SIÈCLE

❀ ❀ ❀

Bronzes, Livres, etc.

Meubles

& MEUBLES DE SALON

COMMISSAIRE-PRISEUR	EXPERT ASSERMENTÉ
Mᵉ J. DUVAL	M. Ernest DESCAMPS
28, Rue Mably	2, Rue Jean-Jacques-Bel

BORDEAUX

IMPR. & PHOTOTYPIE GUSTAVE CHARIOL
25, RUE DES FRÈRES-BONIE. — BORDEAUX

COLLECTION

DE

Feu M. le Docteur BAUDRIMONT

CATALOGUE

DE LA COLLECTION

de Feu M. le Docteur BAUDRIMONT

CONSISTANT EN :

Belles Faïences et Porcelaines

VERROTERIE

SÉRIE DE

BISCUITS Louis XV & Louis XVI

GRAVURES

NOIRES & EN COULEURS

OBJETS DIVERS, BRONZES

STATUETTES. ETC.

PEINTURES

BEAUX OUVRAGES ARTISTIQUES

MEUBLES

& MEUBLES DE SALON

Dont la Vente aux Enchères Publiques aura Lieu

SALLE DE VENTE DE L'ATHÉNÉE : 28. RUE MABLY

LES MERCREDI 25, JEUDI 26 ET VENDREDI 27 MARS 1914

A 1 HEURE 1 2

Commissaire-Priseur   Expert Assermenté

Me J. DUVAL ⦂ M. Ernest DESCAMPS

28 Rue Mably   2, Rue Jean-Jacques-Bel

BORDEAUX

EXPOSITIONS : Les Lundi 23 et Mardi 24 Mars 1914

de 9 heures à 11 heures et de 2 heures à 5 heures.

CONDITIONS DE LA VENTE

Elle sera faite au comptant.

Les adjudicataires paieront **cinq pour cent** en sus des enchères.

L'exposition donnant toute facilité au public de se rendre compte de l'état et de la nature des objets, **aucune réclamation** ne sera admise une fois l'adjudication prononcée.

ORDRE DES VACATIONS

Mercredi 25 Mars 1914, du numéro 1 à 119bis inclus : Faïences.

Jeudi 26 Mars, du numéro 120 à 220 inclus et 251 à 256 inclus : Porcelaines;

Du numéro 221 à 250 inclus : les Biscuits.

Vendredi 27 Mars, du numéro 257 à 261bis inclus : Verroterie;

Du numéro 262 à 322 inclus : Gravures, Aquarelle, Gouaches;

Du numéro 333 à 316 inclus : Objets divers;

Du numéro 317 à 385 inclus : Peintures, Meubles, Livres.

NOTA. L'expert est à la disposition de MM. les acheteurs pour tous détails supplémentaires, ainsi que pour les achats à la commission.

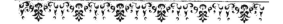

DÉSIGNATION DES OBJETS

..

FAÏENCES ANCIENNES

1 — Un couvercle Rouen à la corne; un plat triangulaire à impression David-Johnston; un lot de cinq assiettes avariées et une assiette terre de pipe.

2 — Une chaufferette en faïence noire d'Avignon; un petit baril rouge en sarreguemines; une statuette en terre de pipe blanche et un plat Bérain bleu.

3 — Un vase en terre de pipe jaune; une buire en terre de pipe blanche; un pot à eau Strasbourg et une assiette blanche.

4 — **Sud-Ouest.** — Deux bols à bouillon en faïence; un crachoir blanc et un bol en terre noire.

5 — **Bordeaux.** — Un petit lion; un bélier; une petite boîte à épices et un plat rond.

6 — **Bordeaux.** — Un vase de pharmacie et un plat ovale.

7 — " — Trois cache-pot en faïence (fêlure) et un plat.

8 — **Sinceny.** — Porte-huilier polychrome (complet) et un grand cache-pot Rouen bleu (fêlure).

9 — **Sinceny.** — Un bol à bouillon blanc et or.

10 — **Moustiers.** — Moutardier vert et manganèse avec son plateau et deux petits pots en grès anglais.

11 — **Nidervillers.** — Deux statuettes polychromées.

12   Petite corbeille plate, terre de pipe rouge en vannerie et une femme couchée dans une baignoire, genre Palissy.

13   Un plat bleu et or (Vieillard); un plat terre de pipe marbré et une assiette Delft bleu.

14 — Une théière terre de pipe; un petit vase terre de pipe; un sucrier et deux petits pots à lait.

15 — Un petit vase avec applications de feuillages blancs sur fond chamois; une petite cruche mordorée et une petite assiette terre de pipe.

16   **Bordeaux**. - Une soupière ronde polychrome.

17 — **St-Omer**. — Un petit plateau polychrome à bord godronné; un couvercle ajouré; une petite cuillère puisoir et un couvercle en Bordeaux.

18 — **St-Clément**. — Deux porte-bouquets bleu et or et deux plats blancs à filets or.

19 — **Sinceny et Rouen**. — Trois porte-bouquets.

20 — **Johnston**. - Deux assiettes polychromes, sujets de chasse.

21 — **Algarono**. — Plat bleu, décor Bérain (avarié), vente Brochon.

22 — **Bordeaux**. — Porte-fleurs polychrome, à tubes.

23 — **Sinceny**. - Bouteille polychrome à pans.

24 — **Moustiers**. — Plateau à piédouche, décor Bérain.

25 — **Rouen et Marseille**. — Deux petits plats creux (avariés) et deux assiettes.

26 — **Montpellier et Strasbourg**. — Deux assiettes et un petit plateau.

27 — **Bordeaux et Rouen**. — Deux assiettes polychromes (avariées).

28 — **Delft**. — Trois assiettes, bleues.

29 —   »   —   d°

30 — **Nevers et Delft**. — Un plateau et un plat (fêlure).

31 — **Montpellier**. — Une assiette et un couvercle aux drapeaux.

32 — **Rouen**. — Plat à la double corne (avarié) et un plat bleu.

33 — **Delft et Varages**. — Deux assiettes polychromes.

34 — **Delft**. — Une assiette, bleue

35 — **Bordeaux**. — Deux assiettes polychromes (chartreux) dont une avec l'inscription : « Cartus Burdig Potage ».

36 — **Milan**. — Une assiette creuse, genre Delft, dorée.

37 — **Italie**. — Deux assiettes polychromes.

38 — **Rouen et La Rochelle**. — Une soupière et un plat octogone.

39 — **Delft**. — Un plat, bleu (fêlure).

40 — **Rouen**. — Un plat polychrome chinois (avarié).

41 — **Delft**. — Deux pichets polychromes Jacqueline.

42 — **Varages**. — Deux assiettes, vert et manganèse.

43 — **Moustiers**. — Deux assiettes, violet manganèse.

44 — » — Un plat, violet manganèse.

45 — **Rouen**. — Deux plats à la corne (avariés).

46 — » — Un plat bleu octogone (fêlure).

47 — **Marseille et Delft**. — Deux assiettes polychromes, dont une fêlée.

48 — **Montauban**. — Plat jaune (avarié).

49 — **Moustiers-Oléry**. — Plat décor Callot (fêlure).

50 — **Strasbourg et Montpellier**. — Deux assiettes polychromes.

51 — **Strasbourg et Moustiers**. — Deux assiettes polychromes dont une aux drapeaux.

52 — **Sinceny**. — Cuvette et pot à eau polychromes.

53 — **Bordeaux**. — Cuvette et pot à eau polychromes.

54 — **La Rochelle**. — Corps de fontaine polychromes.

54 bis — » — Porte-montre en forme de rocher avec coquillages appliqués.

55 — **Marseille**. — Deux assiettes polychromes.

56 - **Hannong et Marseille**. - - Deux assiettes polychromes.

57 **Varages**. - Deux assiettes polychromes, le marly ajouré, en vannerie.

58 — **Delft**. — Deux assiettes polychromes.

59 - **Marseille**. Deux assiettes polychromes dont une fêlée.

60 — **Rouen**. Une chaufferette et son couvercle.

61 - **Nevers**. Deux assiettes, bleues, avec sujet en médaillon au centre.

62 — **Delft**. - - Deux grands plats, bleus.

63 -- **Rouen et Delft**. -- Un petit plat bleu ; un grand plat bleu ; un petit plat creux lobé, de Nevers et deux assiettes diverses.

64 - **Strasbourg**. — Quatre assiettes dont deux terre de pipe, ajourées, blanches.

65 - **Strasbourg et Nidervillers**. - Quatre assiettes et une pendule style rocaille blanche avec son socle indépendant.

66 **Marseille et Strasbourg**. — Assiette coquille ; un plat Rouen avariée et une assiette Marseille.

67 - **Delft**. — Un grand plat bleu.

68 - **Varages**. - Deux assiettes vertes.

69 — **Rouen**. Un grand plat festonné à la double corne.

Diam., 0 43.

70 - **Italie**. - - Un plat polychrome, genre Strasbourg.

71 **Milan**. - - Assiette genre Delft, dorée.

72 - **Delft**. — Une assiette polychrome et une assiette décor persan sur fond bleu turquoise.

73 — **Marseille**. - - Une assiette polychrome (personnage).

74 —   »   —   d°   d°   d°

75 - **Rouen**. — Un petit plat creux bleu et une assiette creuse Milan dans le goût chinois.

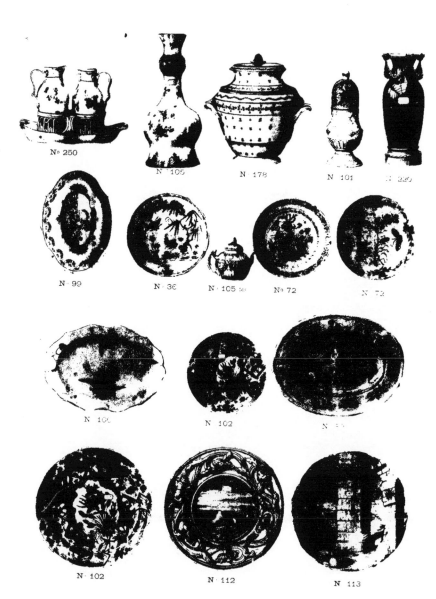

Nº 250

N 105

N 178

N 101

N 220

N 99

N 36

N 105

Nº 72

N 72

N 100

N 102

N

N 102

N 112

N 113

76 — **Goult** (Aveyron). — Assiette décorée, en camaïeu jaune, d'un groupe de 4 personnages en costumes Louis XV, jeune homme ayant devant lui un enfant en costume de pierrot et a sa droite une jeune femme, un genou sur un tonneau, cherchant à l'embrasser ; à sa gauche, jeune fille qui leur présente des guirlandes de fleurs en dansant. Inscription tout le tour du marly :

> Par la vapeur du vin nouveau,
> Lucas setant un Jour embrouille le cerveau
> En Revenant chés luy, sa veue estoit sy trouble
> Que sâ femme luy parut double,
> Grand dieu sé criâ til par quel forfait affreux
> Ay Je peû meritter un sort si deplorable.
> Je nevois femme et Jenois malheureux,
> Lancés sur moy la foudre Redoutable.
> Plustost grand dieu que de men donner deux.

Deux assiettes semblables sont au musée de Sèvres, numéros 13205 et 6970. La vente St-Léon en a adjugé un spécimen semblable.

77 — **Moustiers**. — Deux assiettes, aux drapeaux, polychromes, dont une avariée.

78 — **Moustiers**. — Grand plat ovale, polychrome aux drapeaux.

Long., 0 43.

79 — **Rouen**. — Plat rond festonne, polychrome aux carquois.

Diam., 0 35.

80 — **Nevers**. — Plat ovale bleu, en camaïeu, sujet religieux.

Long., 0 36.

81 — **Rouen**. — Plat ovale à la corne, polychrome.

Long., 0 45

82 — **Delft**. — Un plat rond, polychrome, a 2 personnages. Inscription dans le haut.

83 — **Delft**. — Un plat rond, polychrome, a 2 personnages. Inscription dans le haut.

84 — **Sinceny**. — Petite bouteille, polychrome, a pans, et un plat Nevers, bleu, représentant une femme tenant une fleur à la main.

85 — **Avignon**. — Plat ovale, genre Palissy, fond jaune, et plat long à ressaults, camaïeu bleu, Montauban

86 - **Rouen.** — Assiette festonnée polychrome, marly lambrequin et corbeille au centre.

87 - **Rouen.** — Deux assiettes, à la corne polychrome, dont une fêlée.

88 - **Rouen.** — Une assiette, polychrome à la corne.

89 - **Montpellier.** — Une assiette fleurs en polychrome sur fond jaune.

90 - **Marseille.** — Une assiette, fleurs polychromes sur fond jaune, bord festonné, côtelé.

91 - **Marseille.** — Une assiette, fleurs polychromes sur fond jaune, bord festonné, côtelé.

92 - **Marseille.** — Une assiette, fleurs polychromes sur fond jaune, bord festonné, côtelé.

93 - **Rouen.** — Une assiette à bord festonné, fleurs en blanc fixe sur fond bleu Perse.

94 - **Rouen.** — Une assiette à bord festonné, fleurs en blanc fixe sur fond bleu Perse.

95 - **Rouen.** — Une assiette à bord festonné, fleurs en blanc fixe sur fond bleu Perse.

96 - **Rouen.** — Une assiette à bord festonné, fleurs en blanc fixe sur fond bleu Perse.

97 - **Milan.** — Une assiette polychrome, genre Delft, dorée.

98 - **Rouen.** — Bouteille, blanc moucheté sur fond bleu Perse.

99 - **Moustiers.** — Petit plat ovale, polychrome, avec médaillon représentant des amours sur un dauphin, dans le goût de Boucher, entourage, guirlandes de fleurs, Oléry).

Long., 0m30.

100 - **Marseille.** — Plat ovale festonné polychrome, aux poissons, (fêlure).

Long., 0m35.

101 - **Moustiers.** — Poudrière à sucre, en bleu camaïeu, décor Bérain.

102 - **Delft.** — Assiette polychrome dite au tonnerre légère fêlure et un plat polychrome dit au tonnerre. (réparation).

Diamètre du plat, 0m30.

103 — **Milan**. — Une assiette polychrome, décor chinois.

104 — **Delft**. — Petit cornet côtelé en bleu camaïeu (Restauration).

105 — **Marseille**. — Grande bouteille au col allongé orné d'une bague à godron ; semis de bouquets de fleurs en polychrome sur fond blanc. Le fond a été enlevé pour faire monter en lampe. Pièce remarquable.

> Haut., 0ᵐ30.

105ᵇⁱˢ — **Rouen**. — Petite théière côtelée, en bleu camaïeu (légère fêlure).

106 — **Pézaro**. — Une paire de vases polychromes, fleurs sur fond bleu et un sucrier Urbino.

> Hauteur des vases, 0ᵐ18.

107 — **Pezaro**. — Une paire de vases pharmacie, fleurs en polychrome.

> Haut., 0ᵐ25

108 — **Castelly**. — Petit plat rond, personnage dans un paysage, (fêlure).

109 — **Italie** — Un plat creux en terre brune, à reflets, le marly décoré de fleurs dessinées dans la pâte rehaussée de vert foncé ; au centre " Cupidon ".

110 — **Italie**. — Un plat creux en terre brune à reflets. Même travail, représentant un buste de femme entouré d'une banderole ; inscription : « Néra-Amat ».

111 — **Italie**. — Femme assise, en polychrome, tenant une lampe sur sa tête et deux petits plats Castelly, sujet mythologique.

112 — **Savone**. — Un plat, marly fleurs en relief, en grisaille, paysage dans le fond en polychrome.

> Diam., 0ᵐ30.

113 — **Italie**. — Plat creux, complètement recouvert, paysage polychrome à travers des ruines. Deux personnages, dans le goût de Hubert Robert.

> Diam., 0ᵐ30.

114 — **Nidervillers**. — Groupe faïence polychrome : le Savetier apprenant un oiseau à siffler.

115 — **Hispano-Mauresque.** — Grand cache-pot, à reflets métalliques, à bord évasé, orné de quatre boucles, xviii° siècle, parfait état.

Haut., 0=24 ; larg., 0=25.

116 — **Delft.** — Jolie potiche polychrome et son couvercle, décorée de médaillons en réserve, représentant un pêcheur au bord d'un étang ; un autre petit médaillon fleurs en polychrome, le tout sur fond violet manganèse, quadrillé, parfait état.

Haut., 0=32.

117 — **Weegdwood.** — Buire en terre noire, d'après Clodion.

Haut., 0=40.

118 — **Portugal.** — Taureau orné d'un collier à grelots, en terre brune vernissée.

Long., 0=45.

119 — **Delft.** — Bol cannelé polychrome, doré, orné d'armoiries.

119bis — " Adam et Eve ", faïence vernissée, polychrome.

PORCELAINES

Un lot de tasses, sous-tasses, théière, petits plats divers, petite cruche en grès, etc.

120 — Dix tasses diverses, sans soucoupes.

121 — Un lot de 12 soucoupes.

122 — Un lot de 7 tasses, sans soucoupes.

123 — Deux théières et deux petits pots à lait bleus.

124 — Une odalisque ; deux statuettes polychromes.

125 — **Léveillé.** — Trois assiettes Barbot creuses, rehaussées d'or.

126 — Un chien courant blanc ; deux cache-pot blancs.

127 — Trois tasses complètes.

128 — Quatre autres tasses complètes.

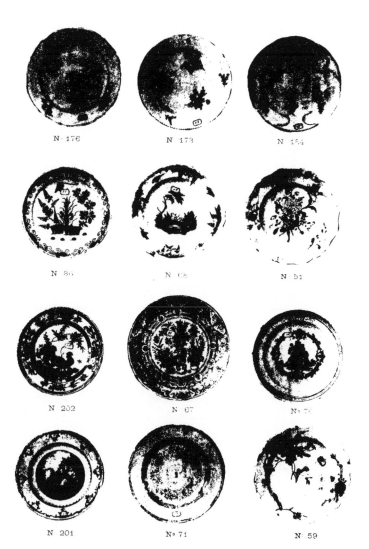

N° 176   N 173   N 184

N 86   N 68   N 51

N 202   N 67   N° 70

N 201   N° 71   N 59

129   Un petit encrier; deux petits pots à crème Barbot et un sucrier,
      Sèvres, Louis-Philippe.

130 — Deux tasses porcelaine, Bordeaux.

131 — Deux petites casseroles en Barbot Clignancourt .

132 — Deux petites tasses, Chantilly, bleues.

133 — Deux tasses complètes; quatre tasses sans soucoupe et un
      petit pot.

134   Une théière; un pot à eau blanc et or; une saucière en Vienne,
      décorée de fruits et insectes.

135   Deux tasses, à paysage en grisaille, galon bleu et or complètes .

136   **Sèvres**. — Un ravier, forme de barque, bouquets de fleurs sur
      fond blanc.

137 — Pot à eau bleu et or, 1ᵉʳ Empire; une boîte en porcelaine
      blanche et un buste de femme porcelaine blanche.

138 — Deux tasses complètes; quatre tasses sans sous-tasse et un
      petit pot.

139 -- Une théière et un pot à eau blanc et or.

140   Deux tasses à paysage en grisaille, galon bleu et or, complètes.

141 — **Sèvres**.   Ravier forme de barque, bouquets de fleurs sur
      fond blanc.

142 — Pot à eau bleu et or, 1ᵉʳ Empire; une boîte porcelaine blanche
      et un buste femme porcelaine blanche.

143 — **Sèvres**. — Deux petites tasses complètes, fleurs en polychrome
      sur fond blanc.

144   **Bordeaux**. — Théière; un pot à eau; un sucrier et deux tasses
      complètes.

145   **Sèvres**. — Deux tasses complètes, blanc et or.

146   **Bordeaux**. — Deux tasses complètes et une théière Sèvres.

147 — **A la reine**. — Deux tasses complètes.

148 -- **Sèvres**. —   de   d

149 — **Sèvres.** — Une grande tasse, semis de roses, entrelas de ruban et feuilles de laurier sur fond pointillé or.

150 — **Guérhard.** — Deux saucières en Barbot, anses forme de corde torsée et leur présentoir.

151 — **L. Crettê.** — Soupière ovale à 2 anses et so . plateau.

152 — » — Deux beurriers forme de barque, en Barbot.

153 — » — Deux grands plats ronds, en Barbot.

154 — » — Cache-pot à oreilles, en Barbot.

155 — **Clignancourt.** — Soupière ronde à anses et son couvercle.

156 — **Dhil et Guérhard.** — Deux saucières à oreilles, en Barbot.

157 — **Bordeaux.** — Un pot à crème et un petit pot, en Barbot.

158 — **Paris.** — Chocolatière, médaillons à fleurs sur fond vert, décorée d'ors en relief.

159 — **Bordeaux.** — Trembleuse ornée d'un large galon, jeté de roses sur fond noir.

160 — **Clignancourt.** — Deux grands pots à pommade décorés de pois dorés sur fond blanc, couvercles sertis dans emboîtement vermeil.

161 — **Paris.** — Petit pot à eau décoré de guirlandes de roses et un petit crémier blanc et or, forme cygne.

162 — **Bordeaux.** — Théière ronde applatie, manche bronze doré découpé attaché à des boucles et son plateau semis de fleurettes dorées sur fond blanc.

163 — **Bordeaux.** — Petite verseuse et une assiette.

164 — **Clignancourt.** — Théière et une assiette.

165 — **Bordeaux.** — Bol à bouillon ; un petit pot à lait avec bouquets de fleurs sur fond blanc et une soucoupe en Sèvres, restaurée.

166 — **A la reine.** — Sucrier à poudre, en Barbot.

167 — **Locré et Zurich.** — Un moutardier en Barbot et un petit pot à crème.

168 — **Locré**. — Corbeille ajourée en vannerie.

169 **Sèvres** Modernes. — Une assiette Louis-Philippe.

170 **Chantilly**. - Sucrier à poudre et sa cuillère, fleurettes bleues sur fond blanc.

171 **Bordeaux**. — Deux assiettes, polychromes.

172 **Tournay**. — Deux assiettes, camaïeu bleu sur fond blanc.

173 — **A la reine**. Une assiette, bouquets de fleurs sur fond blanc, et une Clignancourt.

174 **A la reine**. Deux assiettes, genre polychrome sur fond blanc.

175 - **A la reine**. — Une assiette et un bol à bouillon, en Barbot.

176 — **Sèvres**. — Deux assiettes, fleurs en polychrome sur fond blanc, filet bleu et or.

177 — **Paris**. — Petit porte-bouquet, à tubes cintrés blanc et or, fleurs en relief.

178 — **L. Cretté**. — Une paire de grands rafraîchissoirs, à oreilles, décorés en Barbot, avec leurs couvercles.

179 — **Sèvres R. F.** — Assiette décorée d'ors, sur fond brun imitation écaille, avec un perroquet polychrome au centre.

180 — **Sèvres**. Trois assiettes, marly bleu de Rouen ; au centre, couronnes de fleurs différentes. Pièces ayant fait partie d'un service donné par le roi Charles X à M. de Chateaubriand.

181 — **Tournay et Sèvres**. - Un gobelet et une tasse, pâte tendre, et une assiette, Sèvres, Louis-Philippe.

182 — **St-Cloud**. — Deux sucriers, dont un avarié.

183 — **Limoges**. — Un bol à bouillon et son plateau, décoré de bouquets de fleurs sur fond blanc.

184 — **Sèvres**. Deux assiettes, bouquets de fleurs en compartiments bleus, hâchures sur fond blanc.

185 — **Sèvres**. — Deux assiettes, bouquets de fleurs en compartiments bleus, hâchures sur fond blanc.

186 — **Sèvres**. — Deux assiettes, bouquets de fleurs en compartiments, hâchures en bleu sur fond blanc.

187 — **Sèvres**. — Deux assiettes, bouquets de fleurs en compartiments encadrés d'ornements, hâchures bleues sur fond blanc.

188 — **Sèvres**. — Petit plat creux, bouquets de fleurs en compartiments, hâchures bleues sur fond blanc.

189 — **Sèvres**. — Un saladier, fleurs sur fond blanc, à filets bleus.

190 — **Saxe**. — Assiette creuse, avec 4 petits médaillons en réserve ; sur le marly, entourage or en relief ; sujet marine et paysage ; le tout sur fond blanc.

191 — **Saxe**. — Un pot à eau, décoré de fleurs sur fond blanc.

192 — **Limoges**. — Deux saladiers à côtes, bouquets de fleurs sur fond blanc.

193 — **Limoges**. — Deux assiettes à côtes, bouquets de fleurs sur fond blanc.

194 — **Paris**. — Deux assiettes, bouquets de fleurs sur fond blanc.

195 — **Paris**. — Deux assiettes, bouquets de fleurs sur fond blanc.

196 — **Paris**. — Deux assiettes, bouquets de fleurs sur fond blanc.

197 — **Paris**. — Deux assiettes, bouquets de fleurs sur fond blanc.

198 — **Sèvres, Chantilly et Nidervillers**. — Trois assiettes.

199 — Un lot de 3 assiettes, 1 corbeille ajourée et 4 sous-tasses.

200 — **Chine**. — Deux assiettes bleues, à décors dits de St-Amand.

201 — **Compagnie des Indes**. — Deux assiettes, le centre décoré d'un sujet galant noir, les chairs saumon.

202 — **Chine**. — Assiette, polychrome dite au coq.

203 — **Chine**. — Un plat creux, bleu, camaïeu.

Diam., 0m40.

204 — **Chine**. — Grand plat do

Diam., 0m43.

205 — **Compagnie des Indes** — Une assiette noire et or ; au centre, jeune femme cousant.

206 — **Compagnie des Indes**. — Une assiette polychrome (fêlée).

N 207

N 116

N 115

Nº 182

Nº 170

N 150

N 216

N· 334

Nº 160   Nº 158   N 174   N· 119   N 218

207 — **Chine** (Famille verte). - Intéressante potiche décorée de personnages et attributs, bon état.

Haut., 0 28 ; larg., 0 25.

208 — **Clignancourt**. -- Grande casserole en Barbot.

209 — Partie de service en Barbot, composé de :
Un pot à lait, deux sucriers, une grande cafetière, une théière et douze tasses différentes.

210 — Un petit plat ovale et un carré en Barbot.

211 — **Dhile et Guérhard**. Six grandes assiettes pompadour, bords contournés, perlés or.

212 — **Locré**. — Deux petits plateaux à bords contournés, bouquets de fleurs sur fond blanc.

213 — **Locré**. — Deux petits plateaux à bords contournés, bouquets de fleurs sur fond blanc.

214 — **Locré**. -- Deux petits plateaux à bords contournés, bouquets de fleurs sur fond blanc.

215 — **Locré**. — Deux petits plateaux à bords contournés, bouquets de fleurs sur fond blanc et une assiette Compagnie des Indes, rose.

216 — **Nasch**. -- Un sucrier ; une trembleuse Comte d'Artois et une assiette Japon.

217 — **Chelseaa**. — Assiette genre Saxe, une assiette Barbot et une assiette porcelaine blanche.

218 — **La Seyne**. — Sucrier, bouquets de fleurs en polychrome sur fond blanc et un petit plateau à compartiments.

219 — **Weegdwood**. -- Une paire de flambeaux, barbotine blanche sur fond bleu.

220 — **Chine**. — Une paire de vases anciens, rouge flambé, garniture bronze doré du temps, xviii° siècle.

Haut , 0 24.

BISCUITS

221 — Trois petits bustes.

222 — Une petite faucheuse et " Cupidon " manque un bras.

222bis — Un nid d'aigles (3 pièces).

223 — " Les Petits Savoyards " (2 pièces), manque un bras.

224 — Petit vendengeur et petite fermière (2 pièces).

225 — Jeune garçon bouclant son soulier.

226 — **Paris**. — Jeune garçon et jeune femme buvant et chantant (2 pièces).

227 — **Mendy**. — Petite marchande de fleurs manque une main.

228 — Jeune garçon et jeune fille dansant (2 personnages).

229 — **Locré**. — Groupe de deux personnages, jeune femme dansant et jeune homme jouant de la flûte (une pièce), manque un bras.

230 — **Sèvres**. — Jeune pèlerine, (légères avaries).

231 — **Sèvres**. — Charmant groupe de deux personnages, pastorale.

232 — **Lorraine**. — " La Musique ", groupe de deux personnages.

233 — **Paris**. — Jeune femme tenant une guirlande de fleurs.

234 — **Paris**. — Statue de Minerve.

235 — **Locré**. — Jeune seigneur en cuirasse cherchant à embrasser une jeune fille.

236 — Seigneur Polonais à cheval.

237 — Cerf et Croquemitaine de Jacob Petit. (2 pièces).

238 — **Sèvres** (attribué). — Jeune homme s'enveloppant d'un linge.

239 — **Locré**. — Le retour de la chasse, (manque un personnage).

240 — **Locré**. — Groupe de trois personnages jouant de la musique (avarié).

241 — **Locré**. — Groupe de trois personnages.

242 — **Nidervillers**. — Les quatre saisons, groupe. (avarié).

243 — **Sèvres**. — Jeune seigneur cherchant à embrasser une jeune fille (bon état), réduction du n° 235.

244 — **Sèvres**. — Minerve assise (légère réparation).

245 — Sultane (moderne), marque J. G.; une aiguière et une bouteille style Renaissance.

246 — **Sèvres** (attribué). — Hercule terrassant l'hydre de Lerne (avarié).

Haut., 0 65.

247 — **Ciflé**. — Le Serment d'amour, d'après Fragonard.

248 — **Bordeaux** attribué. — Jeune fille assise sur un tertre, demi-nue, se mirant dans une fontaine, signé : Maggési, 1854.

249 — **Locré**. — Rafraichissoir à oreilles, bouquets de fleurs sur fond blanc et or.

250 — **Sèvres**. — Superbe porte-huilier complet, forme bateau, bouquets de fleurs en polychrome sur fond blanc et or et ses bouchons.

PORCELAINES

251 — Une tasse complète et trois petits pots à crème sans couvercles.

252 — **Chantilly et Tournay**. — Deux assiettes complètes, bleues.

253 — **A la reine**. — Deux assiettes, bouquets de fleurs sur fond blanc.

254 — **Clignancourt et Comte d'Artois**. — Deux assiettes, bouquets de fleurs sur fond blanc.

255 — **Chelseaa et Custine**. — Deux assiettes, bouquets de fleurs sur fond blanc.

256 — **L. Cretté**. — Deux petits plateaux carrés, Barbot.

VERROTERIE

257 — Un biberon ; un oiseau et trois autres pièces.

258 — Quatre verres divers.

259 — Un carafon à 2 compartiments ; une burette ; une salière et un flacon.

260 — Quatre verres à pied taillés et un récipient à déversoir.

261 — Deux verres cristal taillé ; un sucrier à poudre et un grand verre gravé.

261 bis — Un lot de verres à pied, à diviser et un flacon.

GRAVURES

262 — Un lot de gravures en carton, à diviser.

263 — **Maurin**. — Deux lithographies coloriées.

264 — Quatre grandes gravures diverses, à diviser.

265 — Quatre autres grandes gravures diverses, à diviser.

266 — Deux grandes gravures noires : *Le Jugement dernier* et *Le Berger d'Arcadie.*

267 — *L'Écueil de l'innocence : Le Consommé*, deux pièces d'après Moitte, par Deny (grandes marges).

268 — *La Lecture de l'art d'aimer*, grande pièce en noir ; en exergue, par M⁻ Gérard, Société des Amis des Arts.

Haut., 0ᵐ56; larg., 0ᵐ50.

269 — **Jean-Baptiste Massé**. — Portrait en noir d'après Tocqué, gravé par G.-J. Wille (marges).

Haut., 0ᵐ46 ; larg., 0ᵐ32.

N 225   N 230   N 231   N 211   N 240   N 242   N 223   N 221

N 223   N 24   N 217

N 226   Sans N°   N 244   N 233   N 224

270 — *Portrait de Coypel*, pièce ancienne coloriée à la main, par Gérard Edelinck.

Haut., 0=37; larg., 0=27.

271 — *L'Antropophage*, par Hilair et Mathieu ; *Le Maréchal des logis*, par Borel Voizard. Deux pièces (grandes marges).

272   *Les Nymphes au bain*, par Boucher et J. Ouvrier.

Haut., 0=42; larg., 0=25.

Angélique et Médor, par Raoux et de Launay (marges).

Haut., 0=50; larg., 0=38.

273 — *Le Mariage rompu*, par Etienne Aubry et de Launay.

Haut., 0=28; larg., 0=35.

Le Contrat, par Fragonard, gravé par Blot, (marges).

Haut., 0=40; larg., 0=50.

274 — *L'Enfant chéri* : *Le Bonheur du ménage*, deux pièces, par Le Prince, gravées par de Launay.

275 — *L'Abus de la crédulité* : *Le Poète Anacréon*, deux pièces, par Baudouin et de Launay.

276 — *Les Regrets mérités*, par de Launay et gravé par de Launay.

Le Pot au lait, par Fragonard et Nicolas Ponce.

277   *Le Départ du courrier* : *L'Arrivée du courrier*, deux pièces dans un même cadre, par François Boucher.

278 — Plafond de la salle de spectacle de Bordeaux.
Dédié à Monsieur le Maréchal duc de Mouchy, commandant de Guyenne, dans son cadre roulant de l'époque (parfait état).

279 — *Le Billet doux*, par Lavrince et de Launay, avec les armes, (marges), quelques taches de rousseur.

280 — *Qu'en dit l'abbé*, par Lavrince, de Launay, avec les armes ; légères taches de rousseur.

281 — *L'Epouse indiscrète*, par Baudouin et de Launay, avec les armes (grandes marges).

282 — *La Croisée*, par Dubucourt, taches de rousseur et quelques plis (marges).

283 — *La Rose mal défendue*, par Dubucourt, taches dans le bas, quelques plis.

284 — *Les Misères et les malheurs de la guerre*, 18 pièces dans un même cadre (Callot), du XVIIIᵉ siècle.

285 — *La Conviction*, d'après Schale, gravée par Marchand, (marges).

GRAVURES EN COULEURS

286 — *Le Passage à gué*, par Lauranty et Coquerel.

287 — *Les Politiques du village : L'Aveugle joueur du violon*, deux pièces par Wilkie et Jazet (grandes marges).

288 — *Tirage au sort pour la conscription*, par Le Comte et gravé par Jazet (grandes marges).

289 — *Intérieur de ménage italien*, par Pallière, 1819.

290 — *Charles I, roi d'Angleterre*, par Van Dyck et Bonefoy.

291 — *Départ pour la chasse : Retour de la chasse*, deux petites pièces dessinées et gravées par Jazet.

292 — *La Leçon maternelle*, par Augustin (grandes marges).

293 — *A Colin-maillard*, par Wilkie et Dubucourt (bonnes marges).

Haut., 0ᵐ45; larg., 0ᵐ60.

294 — *Le Malin cuisinier : La Cuisinière Françoise*, deux pièces, par Cossibert et Vidal.

295 — *La Naissance de la reine : Education de la reine*, deux pièces, par Rubens et Dizard.

296 — *Le Prix de l'agriculture*, par Bénazech, dédié à la marquise de Montholon, armoiries.

297 — *L'Observateur distrait*, petite pièce d'après F. Miersis, gravée par Wille.

298 — *Vue des ruines du Campo Vacino, à Rome : Vue des jardins de la Villa Alida Braudius, à Rome*, deux pièces, par Le Barbier et Alais.

Haut., 0ᵐ30; larg., 0ᵐ20.

299 — *Le Coq secouru*, par Huet et Bonnet.

300 — *Le Printemps : L'Hiver*, deux pièces, par Huet et Bonnet.

301 — *La Toilette de Vénus : Vénus et les Amours*, deux pièces en ovale, par Huet et Léveillé.

302 — *L'Optique*, par Boilly (émargée).

303 — *La Comparaison : L'Indiscrétion*, deux pièces, par Lavrince et Janinet (grandes marges).

304 — Deux cadres en hauteur renfermant : 2 pièces anglaises en ovale ; 8 petites vues, monuments et perspectives en rond ; et 4 gravures de costumes. Ensemble 14 pièces, par Angelica Kauffmann et Le Barbier.

305 — *Portrait de Mme Huet*, pièce en bistre, par Huet.

306 — *La Balançoire : Les Plaisirs villageois*, deux pièces, par J.-B. Huet (émargées).

307 — *Jeune fille et enfants*, pièce en ovale, par Le Barbier et Demarteau (marges).

308 — *Le Lever : Le Boire : Le Coupe-tête*, trois petites pièces, par Régnault et Baudoin.

309-310 — *Vertumne et Pomone : Flore et Zéphir*, deux pièces en couleurs, d'après Coypel, par Marin, avec écoinçons dorés, d'une très belle conservation, quelques taches à Pomone (émargées).

311 — *Ruines animées de personnages*, deux pièces rondes, par Le Barbier, émargées en médaillon noir et or.

Diam., 0 24.

312 — *Les Adieux d'Héloïse et Abélard*, pièce ronde en médaillon, par Angelika Kauffmann (petite marge).

313 — *Le Roi Lire*, pièce ronde en médaillon, par Angelika Kauffmann.

314 — *Mrs. Benwell*. Painted by J. Hoppner Engraved by W. Waard.

Haut., 0 27 ; larg., 0 22.

315 — *Miss Tipapin Going for all Nine*, by Carington Bowles.

Haut., 0 32 ; larg., 0 24.

316 - *La Rixe ; Le Tambourin*, deux belles épreuves, par Tauney et Descourtis (émargées).

317 - *The Child first Going alone*, par H. Singleton Benedetti (grandes marges).

318 - *La Chasse de Suzanne ; Buveur hollandais*, deux pièces coloriées, fixées sur verre.

319 — *Jeune femme vendant ses bijoux*, pièce ovale anglaise, en couleur.

AQUARELLE

320 — **Caresne** (attribué à). — *Bacchantes*.

Haut., 0 30 ; larg., 0m48.

GOUACHES

321 — *Désespoir d'Esther*, sur parchemin.

Haut., 0m52 ; larg., 0m47.

322 — *L'Annonciation*. Cadre renfermant sujet en parchemin découpé dans un médaillon, avec entourage d'ornements de guirlandes de fleurs, dans le goût de Bérain.

Haut., 0m50 ; larg., 0m45.

N° 369

N 371 · N 367 · N 368

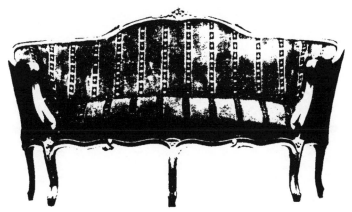

N 370

OBJETS DIVERS

323 — Une paire de petits flambeaux en cuivre, époque du 1ᵉʳ Empire.

324 — Trois plats longs, dont deux en cuivre et un en étain, (XVIIIᵉ siècle).

325 — Une paire de flambeaux en cuivre, XVᵉ siècle.

326 — Un sucrier en étain, époque de Louis XVI.

327 — Grande cafetière, forme persane, en bronze argenté, ornements en relief, écussons, époque de Louis XV.

328 — Une paire de petites appliques Régence.

329 — Une paire d'appliques en cuivre repoussé, époque Louis XIV.

330 — Une paire d'appliques armoiriées, couronne de marquis. Inscriptions : " Jacob Keulein " et " Lourath Dirsel ".

331 — Une masse d'arme en fer.

332 — Deux petits cerfs montés, bronze chinois.

333 — Statuette en bois sculpté doré, du Cambodge.

334 — Un cartel bronze ciselé, doré, époque Louis XVI.

335 — Une paire de chenéts à boule avec tête de femme en bas, époque Louis XIV.

Haut., 0 90.

336 — Une petite glace Louis XVI, bois sculpté, redoré, époque 1870.

337 — Deux petits cadres en mosaïque de Florence, représentant des oiseaux.

338 — Une paire de chenéts Louis XV, en bronze, enfants en feuilles d'acanthe.

Haut., 0 30.

339 — Petit enfant tenant un nid d'oiseaux dans sa chemise, bois sculpté, époque de Louis XIV.

Haut., 0 60.

340 — Un porte-montre, bois sculpté, époque de Louis XV.

341 — Console en bois sculpté, tête d'homme avec barbe, ornée de
plumes et d'ailes, époque de Louis XIV.

Haut., 0ᵐ50.

342 — Hanap complètement gravé au burin, en bronze argenté :
sujets de chasse et ornements (xviiᵉ siècle).

Haut., 0ᵐ25.

343 — Petite potiche ornée de macarons à boucles en émail peint,
avec personnages dans des médaillons en réserve sur fond
jaune décoré de fleurs.

Haut., 0ᵐ23.

344 — Boîte ronde en bronze ciselé, doré, couvercle orné d'un sujet
au Weegdwood, fin du xviiiᵉ siècle.

345 — Rouet très intéressant, d'une exécution artistique et d'une
sculpture exceptionnelle (xviiᵉ siècle).

346 — Cabaret en cristal taillé, de l'époque du Iᵉʳ Empire, composé
de 6 flacons et 12 petits verres en parfait état, plus son
plateau en métal argenté, dans sa boîte en racine de citron-
nier.

PEINTURES

347 — **M. Bouquet** (1869). — Vaches en pâturage près d'un bouquet
d'arbres, faïence brisée en deux).

Haut., 0ᵐ50; larg., 0ᵐ30.

348 — **M. Bouquet** (1865). — Rivière et paysage avec bateaux loin-
tains (faïence).

Haut., 0ᵐ28; larg., 0ᵐ45.

349 — **M. Bouquet** (1863). — Cours d'eau et paysage boisé (faïence).

Haut., 0ᵐ58; larg., 0ᵐ80.

GLACES

350 — Trumeau époque Louis XV, baguette sculptée de l'époque, redorée. La peinture représente trois amours lisant de la musique.

Haut., 1 35 ; larg., 0 95.

351 — Une petite glace Louis XVI, bois sculpté redoré.

Haut., 0 85 ; larg., 0 54.

352 — Grande glace en chêne sculpté, naturel, avec fronton, style italien.

Haut., 1 60 ; larg., 1 20.

353 — Baromètre en hauteur, bois sculpté, ornements dorés sur fond vert, milieu du XVIII siècle.

Haut., 0 90.

MEUBLES

354 — Coffre noyer sculpté, fin du XVI siècle.

355 — Petit meuble de cabinet, à colonnettes, monté en crédence, noyer naturel clair, commencement du XVII siècle.

356 — Grande armoire lingère, en cerisier fin, couleur claire exceptionnelle, sculpture des dessins et entre-deux des panneaux de la porte d'un goût et d'un travail des plus artistiques, transformée en vitrine, époque de Louis XV.

Haut., 2 60 ; larg., 2

357 — Table à colonnes torses et croisillons, travail d'incrustation de bois jaune sur fond noir. Italie, XVIII siècle .

Long., 1 ; larg., 0 65.

358 — Deux chaises Louis XIII, à hauts dossiers recouverts velours rouge.

359 — Petit meuble toilette, avec tiroirs dans le bas, en acajou fin, du XVIIIe siècle.

360 — Petit meuble toilette, avec tiroirs dans le bas, en acajou, époque du Consulat.

361 — Petite étagère longue, 4 planchettes, en acajou, garnie de bronze doré, style Louis XVI.

362 — Un chevalet, noyer sculpté, style gothique.

363 — Vitrine à deux corps, en bois noir.

364 — Vitrine à deux corps, en bois jaune.

365 — Support en X, pour cartons à gravures.

366 — Cadre bois sculpté, ovale, avec nœuds, époque de Louis XVI.

Vue, 0^m58 × 0^m53.

367 — Console demi-lune, à 2 jambes, croisillons, entièrement sculptée, peinte en gris, époque de Louis XVI.

Long., 0^m90.

368 — Table peinte en gris, époque de Louis XV.

369 — Meuble de salon, époque de Louis XV, peint en gris, recouvert tissu moderne, composé de :

6 fauteuils ;
1 petit canapé (longueur 1^m20).

370 — Un canapé corbeille, peint en gris, époque de Louis XV, recouvert tissu moderne.

Long., 1^m70.

371 — Deux fauteuils, époque de Louis XV, grand modèle, peints en gris, couverture moderne.

BRONZES

372 — Paire d'appliques, bronze doré, style Louis XVI.

373 — Une autre paire d'appliques, bronze doré, style Louis XVI.

BRONZE DE CLODION

374 — Grand groupe de bacchantes et faunes, patine florentine.

ARGENTERIE

375 — Grande cafetière ancienne, argent 1ᵉ titre, à cotes chantournées, marque fleur de lys, 1 couronne, marque d'orfévrerie P. P. (poids, 1 kil. 300 gr.)

Haut., 0 30.

LIVRES ARTISTIQUES

376 — *A Gallery of Portraits* (Helleu). Reproduced from original Etchings by P. Helleu with and introduction by Frederick Weedmore. London, Edward Arnold, 1907. All Right reserved (24 portraits).

377 — *La Vie de Jean de Bologne* (Abel Desjardins). Paris, Quantin, 1883.

378 — *Hans Holbein* (Paul Mantz). Ancienne maison Quantin, May et Metteroz, directeurs.

379 — *La Vie et l'Œuvre du Titien* (Georges Lafenestre). Maison Quantin.

380 — *François Boucher, Lemoyne et Natoire* (Paul Mantz). Ancienne maison Quantin, May et Metteroz, directeurs.

381 — *Antoine Van Dick, sa Vie, son Œuvre* (Jules Guiffrey). Quantin, imprimeur-éditeur, 1882.

382 — *Paris* (Auguste Vitu). Ancienne maison Quantin, May et Metteroz, directeurs.

383 *Anatomia universelle*. Del professore Paolo Mascagni, rappresentata con Tavole in rame. Ridotti à minori forme di quelo Della grande editione Pisana per dessinatore, incisore e modellatore in cera; Antonio Serantoni, Firenze co Torchi di V. Batelli e figli, 1833.

384 — *Les Arts*. Revue mensuelle des journaux, collections, expositions (Goupil); de 1902 à 1909 inclus, soit 9 volumes reliés. Plus 8 livraisons de 1913.

385 - *Les Chefs-d'œuvres des grands maitres*. Notice de Ch. Moreau Vauthier; Hachette & C⁰ ;20 livraisons non reliées .

Bordeaux. — Imp. G. CHARIOL, 25, rue des Frères Bonie.

Imprimé en France
FROC011618010720
24395FR00018B/486